I0679974

Y

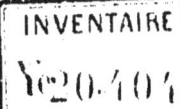
POÉSIES SÉRIEUSES

ET

Chansons.

PAR MADAME

SOPHIE DOIN.

Vérité, Charité.

A Paris,

CHEZ DELAUNAY, LIBRAIRE,

AU PALAIS-ROYAL.

1829.

IMPRIMERIE DE DUCESSOIS, RUE SAINT-JACQUES, N°. 67.

POÉSIES SÉRIEUSES

ET

Chansons.

PAR MADAME

SOPHIE DOIN.

Vérité, Charité.

À Paris,

CHEZ DELAUNAY, LIBRAIRE,

AU PALAIS-ROYAL.

1829.

IMPRIMERIE DE DUCESSOIS, RUE SAINT-JACQUES, N°. 67.

POÉSIES SÉRIEUSES

ET

Chansons.

POÉSIES SÉRIEUSES

ET

CHANSONS.

PAR MADAME

Sophie DOIN.

Paris,

IMPRIMERIE DE DUCESSOIS,

RUE SAINT-JACQUES, N°. 67.

1829.

POÉSIES SÉRIEUSES

ET

CHANSONS.

―――――――――

Ma Croyance.

De la Religion j'adore le pouvoir ;
Dieu pour notre bonheur nous en fit un devoir.
D'un amour consolant, d'une douce indulgence,
Elle vient nous donner l'immortelle espérance.
Elle nous peint un Dieu refuge du malheur ;
Son accent maternel rassure la douleur.
A la noble clarté de sa divine flamme,
Nous discernons le mal, le bien parle à notre âme ;
Son culte n'est qu'amour, justice, vérité ;
Elle veut le pardon, la paix, la liberté.
En vain un prêtre altier, écrasant ma misère,
Me montre un Dieu cruel où je ne vois qu'un père ;

En vain des oppresseurs la longue trahison,
Pour enchaîner ma voix, veut tromper ma raison !
Je brave leurs fureurs !...., j'excuse leur délire,
La douce charité vient accorder ma lyre !

Par un mûr examen j'arrive jusqu'aux cieux.
J'étends sur l'univers mes regards curieux.
Dieu me donna des sens dignes de ses merveilles.
A-t-il maudit mes yeux, mon esprit, mes oreilles ?
Dieu veut-il d'un enfant en esclave enchaîné ?
Pour n'être qu'un captif, non, l'homme n'est pas né !
De l'incrédulité si les soupçons rebelles
D'un génie incertain lancent les étincelles,
La superstition, au funèbre étendard,
De la paix sur la terre a brisé le rempart.
Elle vint nous ravir la piété touchante,
Et nous fit détester sa prière sanglante :
Sur l'effroi des mortels elle appuya ses droits,
Et de *l'homme divin* bannit les saintes lois.

O fragiles mortels, quel orgueil vous inspire !
Au livre des destins ardens à vous instruire,

Mais jugeant votre Dieu par votre vain savoir,
De ce qui vous confond vous rejetez l'espoir.
Vous rejetez de Dieu la sublime pensée,
Dès que par sa grandeur votre âme est rabaissée.
Ainsi le triste athée à son esprit mortel
Impose de l'ingrat le doute criminel;
Ainsi l'être pesant, qui rampe en sa matière,
Du céleste séjour vient nier la lumière;
Ainsi l'homme chagrin, courbé sous le malheur,
Repousse de Jésus l'amour consolateur !

De notre vanité comment ne pas médire !!!
De la seule raison Dieu nous donna l'empire.
Un ministre du Ciel de l'homme a fait un roi ;
La Nature, dit-il, est soumise à sa loi :
Tous les êtres créés sont créés ses esclaves !!!
S'il donne aux animaux ses plaisirs pour entraves ;
S'il dispense la joie et surtout le chagrin,
C'est donc pour opprimer qu'il se fait souverain ?
Dogme digne en effet de notre tyrannie !
Dogme indigne vraiment de la gloire infinie
De celui qui de tous est seul maître réel,

De celui qui sur tous porte un œil paternel !
L'homme a, plus qu'un oiseau, de vive intelligence ;
Là, je vois son bonheur, bien plus que sa puissance.
Il doit admirer Dieu mieux qu'un faible animal,
Et plus que lui, surtout, il doit haïr le mal !
Tant d'êtres que forma la suprême justice,
Seraient-ils le jouet d'un coupable caprice ?
Comme nous, du néant ce Dieu les fit sortir,
Il leur dit, comme à nous, de vivre et de mourir,
D'aimer en liberté, de souffrir sans colère,
De chercher d'un ami le secours salutaire,
D'oublier mille maux dans le bonheur d'un jour,
De braver la douleur que doit guérir l'amour !
De notre sot orgueil Dieu venge les victimes,
Des ailes et des dents les sauvent de nos crimes.

Mais un grave docteur, formé pour mon tourment,
De son esprit tout fier m'offre le jugement.
Il se regarde, lui, d'origine céleste :
La beauté de son âme, à ce qu'il dit, l'atteste,
Et, sur les animaux, son immortalité
Lui donne un droit superbe, un droit non contesté.

Moi , je suis éternel ! et cette brute meure :
Dans notre ciel , dit-il , où serait sa demeure ?
Les as-tu mesurés , ces champs heureux du ciel?
Encore tout rempli de ton terrestre fiel ,
Tu juges d'après toi ces innombrables mondes ,
Et n'as pu deviner les retraites profondes
Des antiques forêts , ni de la vaste mer.......
Mais ton génie , ingrat , sut inventer l'enfer !

Au lieu de borner là ce stupide génie,
D'un sublime univers admirant l'harmonie,
Que ne dis-tu , plutôt : « Au faible esprit humain
» Il faut du dernier jour l'éternel lendemain.
» Pour comprendre la vie il faut d'autres lumières !
» Chargeant de vanité mes stériles prières ,
» Je ne veux plus , prenant une feinte douceur ,
» Offrir l'hypocrisie au divin Créateur.
» Sur la terre courbé , que de Rome le prêtre ,
» De nos climats divers s'étant nommé le maître ,
» Des serviteurs de Dieu , dans son humilité ,
» Se dise *le moins digne* et *le plus contristé !*
» Moi je veux de ses dons apprécier la gloire !

» Je veux que ses bienfaits, gravés dans ma mémoire,
» Me rendent chaque jour plus sage et plus heureux,
» Que, devenu meilleur, je sois moins orgueilleux ! »

Juger par notre esprit la céleste puissance,
C'est faire à l'Eternel une incroyable offense.
Le pouvoir qui créa le premier de mes jours,
De ses nobles travaux ne peut borner le cours.
Dans un temps loin de nous s'il chargea notre terre
De prodiges divers, sa grâce salutaire
Peut montrer à nos jours d'autres créations.
Comment suivre de Dieu les méditations ?
Des mondes suspendus mesurons-nous le nombre,
Et de leurs habitans apercevons-nous l'ombre ?
Que d'êtres sont perdus pour nos yeux incertains !
Quelle nuit du savoir nous cache les chemins !
Comme nous, l'oiseau dort, et la plante sommeille,
De leur magique instinct respectons la merveille !
D'un illustre avenir acceptons le bienfait,
Sans chercher si pour l'homme il est seulement fait !
Dieu fit-il pour nous seuls son secours tutélaire ?
Il eut été cruel s'il avait pu le faire.

Tout être fut par lui comme un fils adopté ;
Il mesura pour tous le temps, l'éternité.
Si c'est un bien de naître et de sentir la vie,
Par un affreux néant elle n'est point suivie ;
Rien n'est plus déchirant qu'un bien qu'on voit finir...
Quel présent serait cher sans un doux avenir !
Un éloquent penseur qui prétend tout connaître
Du secret de la vie a cru se rendre maître :
Nous devons, me dit-il, entièrement mourir ;
Comme un souffle du vent, pour nous tout doit finir.
Mais ce souffle du vent, le crois-tu bien comprendre ?
L'astre éclatant du jour ne peut-il rien t'apprendre,
Pas même ta faiblesse ?... et sa noble clarté
Te surprend-elle moins que l'immortalité ?
Du Dieu qui nous créa j'adore l'influence,
Dans nos champs, dans nos bois, j'admire sa présence,
Mais sa bonté surtout en moi se fait sentir !
Je le verrais méchant, si je devais mourir !
Eh quoi ! de mes parens je verrais fuir la vie ;
Esclave du néant ma tendresse asservie
Jamais à leurs baisers ne rendrait ses transports,
Et mon souvenir seul ranimerait les morts ?

Celui par qui j'aimai mon existence entière,
Sur mon sein palpitant finirait sa carrière ;
A ses jours adorés, sans ajouter un jour,
Sans l'espoir consolant d'un immortel amour,
D'un déchirant adieu je paîrais ses alarmes ?
Couvrant son front glacé de mes brûlantes larmes,
Je dirais à son cœur que je sus animer,
De maudire ce Dieu qui le fit pour aimer ?
Ah ! je maudirais, moi, le ciel et la nature !
Et comment de mon cœur étouffer le murmure ?
Je quitterais mes fils, et mes yeux maternels
Ne pourraient les revoir en des jours éternels !!!
Victime des tyrans, quel serait mon refuge ?
Comme au séjour des rois, au ciel craignant mon juge,
Avec d'affreux regrets j'accomplirais mon sort,
Et, pour la liberté n'espérant plus un port,
Du dieu qui créa tout déplorant l'injustice,
Je dirais : de la vie il a fait un supplice !
Je dirais : le néant dont il m'a fait sortir
Du désespoir au moins m'aurait su garantir !

Non, non, je t'affranchis, mon Dieu ! de ce blasphême ;

C'est un pouvoir d'amour que ton pouvoir suprême !
La nature à ta voix vint marquer sa grandeur ;
Le Soleil déploya sa magique splendeur ;
De mondes radieux tu peuplas les espaces ;
Tu prodiguas à tous tes paternelles grâces ;
Tu couvris l'horizon d'un ravissant azur ;
Du printemps créateur tu fis le souffle pur ;
Tu semas l'univers de beautés innombrables !
La terre dut son ordre à tes lois admirables !
La vie à ton appel jaillit de toutes parts !...
Le plus faible arbrisseau grandit sous tes regards ;
Ta bienfaisante main bénit la fleur légère :
Ainsi qu'à l'homme altier, à l'insecte éphémère,
Tu donnas du plaisir les prodiges divers,
A tous, avec l'amour, tu donnas l'univers !

Dans tout ce que je vois brille un divin génie !
Je passe, à contempler la puissance infinie,
Des heures sans regrets, de longs jours sans remord....
De l'humaine faiblesse, ô consolant effort !
Dans mon cœur trop ardent la paix reprend sa place ,
Et des terrestres maux l'amertume s'efface !....

Sublime vérité! j'aperçois ton flambeau!
Pour moi de l'avenir paraît le jour nouveau.
Des systèmes divers je pèse l'importance,
L'orgueil a disparu, mais la reconnaissance
S'élance jusqu'aux cieux, et, repoussant l'erreur,
Va puiser la sagesse auprès du créateur.
De tous les exaltés ma raison se défie,
De ma religion, de ma philosophie
La raison est le guide, elle m'aide à marcher,
Par elle de mon Dieu j'apprends à m'approcher.
Incrédules esprits, insensés fanatiques,
De vos vains jugemens, comme de vos reliques,
Je contemple l'orgueil et la fragilité ;
Mais Dieu jusques à vous s'abaisse avec bonté ;
A votre repentir sa clémence pardonne,
Et promet des élus l'immortelle couronne!
Divin législateur! ainsi parlent tes lois!
O miracles d'amour, c'est à vous que je crois!
Jésus! oui, la voilà ta céleste influence!
Dans un cœur plein d'amour est la toute-puissance!
Ta voix, des préjugés, vient renverser l'autel,
Et fait de la raison l'encens digne du ciel.

La Sympathie.

~~~~~~~~~~

Tes yeux sont noirs; j'aime leur vive flamme!
Le jais brillant éclate en tes cheveux!
Ce teint de maure a su plaire à mon âme!...
A ta candeur j'accorde ces aveux.
Cette fraîcheur, à mes traits départie,
Ton ciel ardent viendrait me la ravir!...
Oui... mais je sens brûlante sympathie.....
La vanité ne m'en peut garantir.

Ton front promet et courage et constance,
Dans ton sourire on trouve la fierté,
De ton regard j'ai compris l'éloquence,
Dans tes discours j'aime la liberté!
Fuyons!... par toi je serais convertie!...
Le vieux blason doit borner mon désir...

Oui... mais je sens brûlante sympathie...
Le vieux blason ne m'en peut garantir.

Je vais bientôt, prodigue de parure,
Au doux plaisir donner la nuit, le jour,
Tandis qu'aux champs, épris de la nature,
Tu porteras tes dédains de la cour !
Sur mon lit d'or, par un songe avertie,
De ton désert je t'ai vu me bannir !...
Oui... mais je sens brûlante sympathie...
L'orgueil blessé ne m'en peut garantir.

Dans tes forêts, en ton climat sauvage,
Avec transport la vierge t'adorait !
Forte en tes bras, elle oubliait l'orage,
Rêvait toi seul, pour toi seul respirait !
De mille amans, la foule assujétie,
Ici, pourrait amuser mon loisir...
Oui... mais je sens brûlante sympathie...
Mille flatteurs n'en peuvent garantir.

Avec amour, caressant ta misère,
Un jour peut luire où sans peur je dirai :
De mes aïeux je brave la chimère !!!
Plus qu'un marquis, alors, je t'aimerai !...
Eh quoi ! sortant d'une molle apathie,
Des parchemins je voudrais m'affranchir?
Oui , je sens là brûlante sympathie...
Nobles aïeux n'en peuvent garantir.

D'un doux poison la vapeur enivrante
Berce mon cœur et trompe ma raison...
Par lui s'éteint ma volonté mourante...
Ciel libre et pur, je vois ton horizon !
A ce vieux duc, ma naissance assortie,
Avec ma main donnait mon avenir.
Tu m'apportas brûlante sympathie...
Vaines grandeurs n'en peuvent garantir.

La Fleur des Champs.

~~~~~~~~

PAUVRE fleur, aux champs ravie,
Sous ces lambris tu viens mourir !
A l'or, aux grandeurs asservie,
Loin du bonheur pourquoi courir ?
Tes doux attraits, ta touchante parure,
Ne sont pas faits pour ce séjour.
Palais brillant, pour toi c'est la nature,
C'est le soleil, un ciel pur, un beau jour.

A la cour, pauvre étrangère,
On prise peu simples appas.
La cour est une aride terre
Que glacent d'éternels frimats.
L'astre du jour fuit les tristes orages,
Il aime la paix du vallon ;

Tout radieux il brille aux lieux sauvages,
Mais il pâlit dans un riche salon.

    Tu devais à tes prairies
   Et ta fraîcheur et ta beauté.
   A tes habitudes chéries
   Préfères-tu la vanité?
La liberté, qu'outrage l'ignorance,
   Protégerait tous tes instans.
Fleur qui périt, à l'or de la puissance,
Demande en vain le souffle du printems.

La Providence et le Hasard.

~~~~~~~~~

Faible mortel, eh quoi! toujours te plaindre?
Et de tes maux toujours charger le ciel?
De ce bonheur, où tu ne peux atteindre,
Cherche la route, et bénis l'Éternel!
Ce Dieu si bon a mis en ta puissance
Tout ce qui plaît, ce qui charme sans art!
Oui, tout le bien vient de la Providence!
Notre sottise a créé le hasard.

De ton orgueil arrête le murmure,
Ton injustice a causé ton tourment.
Par des bienfaits Dieu répond à l'injure,
D'un fils ingrat il plaint l'aveuglement.
Dans ta langueur, avide d'espérance,

De tes plaisirs ne crains plus le retard.
Aime le bien, crois à la Providence,
Pour l'honnête homme il n'est pas de hasard.

Des grands fléaux nous craignons le ravage,
Et, tout tremblans, nous fuyons le malheur.
Mais le soleil fait oublier l'orage,
Et la pitié console la douleur;
L'affreuse mort fuit devant la science,
Et de la peur s'adoucit l'œil hagard...
Don de guérir vient de la Providence!
Mal sans remède est enfant du hasard!

Dans les combats la gloire est sanguinaire,
Elle couronne un docile guerrier;
Le ciel maudit ce laurier funéraire,
D'une autre gloire il chérit le laurier.
Donnant sa vie aux pleurs, à la souffrance,
Le philanthrope attire son regard!
Cœur généreux, crois à la Providence!
Et toi, guerrier, encense le hasard!

Lorsqu'abusant de pouvoirs éphémères,
Et du chrétien oubliant les devoirs,
Les fils d'Europe ont massacré *leurs frères,*
L'arrêt de Dieu sortit du sang *des noirs.*
Pour désarmer sa terrible vengeance,
Et du captif pour retenir le dard,
Chrétiens maudits, cherchez la Providence !!!
Elle vous frappe et vous livre au hasard !

L'égalité créa la république,
Mais redoutons un prestige trompeur ;
Le despotisme est une idole antique
Qui nous séduit par son masque imposteur.
Aux dieux des cours laissons leur arrogance !
De la raison arborons l'étendard !
Sur la vertu veille la Providence !
Mais des tyrans, le dieu, c'est le hasard.

Brisant un jour, pour élever l'empire,
Le chêne heureux de notre liberté,
Napoléon, dans son triste délire,
A son parjure a dû la royauté.

En vain, plus tard, pour sauver notre France,
De son grand cœur il nous fit un rempart...
Ainsi toujours punit la Providence!!!
La liberté l'eût vengé du hasard!

Le Songe.

Que fais-tu loin de moi, quand je pleure? dit Lise.
Ingrat! je t'aimais trop!... tu me l'as bien fait voir!...
De mes brûlans transports, faut-il que je le dise?
J'ai fatigué ton cœur le matin, puis le soir!...
On peut donc se lasser d'aimer avec ivresse,
De se chercher le jour, de se rêver la nuit!
On peut donc se lasser d'une pure tendresse!
Comme un rapide éclair, l'amour brille et s'enfuit!...

Lise éclate en sanglots!... puis ses sanglots s'apaisent...
La nature aux douleurs accorda le sommeil.
Lise se plaint encor... puis ses plaintes se taisent...
La nature à l'amour donnera son réveil!

Noble, majestueux, dans sa grâce divine,
Un esprit bienfaisant, en ce lieu descendu,

Sans troubler son repos près de Lise s'incline ;
Sa pitié se répand sur ce cœur éperdu.
Des célestes accens la douce mélodie
De la jeune affligée adoucira le sort :
Aux souffrances du cœur la raison remédie...
L'ange, avec la raison, berce l'amour qui dort !

Elle n'est plus, dit-il, cette aimable chimère,
Pour jamais elle a fui, mais ne la pleurez pas !
Ce rayon orageux d'un bonheur éphémère
Loin du bonheur réel eût égaré vos pas.
Bénissez ce tourment qui fit couler vos larmes,
Bénissez ces regrets... s'ils vous ont fait gémir,
La paix à votre cœur prodiguera ses charmes ;
La paix, mieux que l'amour, protège l'avenir !

La paix mieux que l'amour !!! la pauvre enfant soupire !
D'un si parfait repos elle craint le retour ;
Le doux nom de la paix a doublé son délire !
La paix glace d'effroi son cœur brûlé d'amour !...

Eh quoi ! dit-elle enfin, cher protecteur, bel ange,
Du consolant espoir radieux messager !

Au plaisir près de toi la peine se mélange,
Tu n'es pour la douleur qu'un appui mensonger !
Tu veux guérir mes maux par le néant de l'âme !
Tu comptas mes chagrins , tu recueillis mes pleurs ,
C'est ta douce pitié que toujours je réclame
Et non l'ingrat oubli de momens enchanteurs !
Tu comptas mes soupirs ! mais d'une heureuse vie
De jours délicieux comptas-tu les loisirs ?
Tu comptas mes regrets , mais mon âme ravie
Ne te fit pas compter tant de divins plaisirs !
J'appris avec l'amour à chérir l'existence ,
A mon esprit charmé lui seul donna l'essor.
Je lui dois mes douleurs, il me blesse, il m'offense,
Mais dans mon âme émue il parle, il règne encor !
Toi , tu m'offres la paix ! ah ! la paix que j'implore
Est un céleste don avec l'amour heureux !
Mais sans l'amour heureux , cette paix , je l'abhorre !
C'est un sommeil sans fin que repoussent mes vœux !
Regarde dans nos bois cette fragile plante,
Admire sa fraîcheur, sa grâce, sa beauté ;
Dans peu de jours , hélas ! elle sera mourante !...
Mais donne lui d'amour le prestige enchanté,

Qu'elle se voie aimée et qu'amante elle vive ,
Qu'elle apprenne à vouloir, à penser, à frémir,
Que de pouvoir aimer la faculté trop vive ,
Quelques beaux jours plutôt la condamne à mourir !...
Viens alors en ce lieu contempler sa misère,
Viens lui rendre la paix , et la paix sans l'amour,
Sans projets , sans désirs... offre à sa peine amère
Du repos végétal le facile retour...
Tu la verras, crois-moi , préférer son délire,
Son trouble , sa souffrance , à tes tristes efforts !
De même en cet instant c'est mon cœur qui m'inspire!
Et contre ta raison dirige mes transports !.

Ravissant envoyé des célestes demeures !
Sur tes mondes heureux luit un jour éternel.
Près de toi, sans aimer, si l'on voit fuir les heures,
Mes pleurs n'envieront pas ton séjour immortel !
Mais sois béni cent fois si tu rends à ma vie
D'un amant adoré, la voix , la main, les yeux !
Je me verrai sans crainte à l'amour asservie,
Un regard me paiera mille instans douloureux.

La Retraite.

~~~~~~~~~~

De ce séjour, que j'aime le silence !
Rien de ces lieux ne trouble le repos !
Bien vîte , ami , chassons la défiance !...
Nous sommes loin des méchans et des sots.
Avec l'Amour, charmons cette retraite.
Bien mieux ici , Charles, je t'aimerai !
Dans les salons, ma bouche était muette.....
Ici , pour toi, Charles, je parlerai.

Le feu cruel de la vive satire
De ton esprit vint s'emparer un jour,
Des préjugés tu rejetas l'empire !...
Mais ton esprit fut banni de la cour.....

Il faut ici de la philosophie,
De la raison..... Avec toi j'en aurai.....
A la nature, ah ! pour moi, sacrifie.....
Mieux qu'un flatteur je te consolerai !

Ces vains plaisirs, que sont-ils? Des chimères.
Sous ces bosquets, que devient la grandeur?
Regrettes-tu ces rêves éphémères,
Quand de ce ciel t'apparaît la splendeur?
D'un triste orgueil délivrons notre vie!
Un oiseau chante..... et moi je chanterai.
Mes pieds légers n'éveillent pas l'envie.....
Ici, pour toi, Charles, je danserai.

Quoi! de tes yeux je vois tomber des larmes,
De ma chaumière, allons, il faut partir.
La liberté pour ton cœur est sans charmes,
Près d'une amie, ingrat, tu peux souffrir !
Pour te sauver, vers ceux que je déteste
Je vais courir..... pour toi je supplierai !
Si la raison contre l'amour proteste,
C'est la raison, va, que je gronderai.

Mais un sourire éclaire ma tendresse,
Le plaisir seul a fait couler tes pleurs?
Tes doux regards et ton heureuse ivresse
Se vengent bien de mes folles douleurs !
Ah ! contre toi, si la haine conspire,
L'Amour est là, c'est moi qui l'armerai !...
De tous les sots il brave le délire !
Moi, dans tes bras, je leur pardonnerai !

L'Évangile.

~~~~~~~~~

A ce livre, gloire immortelle !
D'un Dieu seul il peint la grandeur,
Et d'une existence nouvelle
Vient nous révéler la splendeur.
Adorons ce bienfait immense !
Il luira l'éternel beau jour !
Mais plus de haine, de vengeance !
L'Évangile est *la loi d'amour*.

Seul créateur de cette terre
Et d'autres mondes éclatans,
A notre existence éphémère
Dieu joignit d'immortels instans.

Ce livre établit la croyance
Qui montre l'éternel beau jour,
Il est prodigue d'espérance !...
L'Évangile est *la loi d'amour*.

Partager avec la misère ;
Tendre les bras à la douleur ;
En tous pays nommer *son frère*,
Celui qu'a frappé le malheur.
Par la bonté, par l'indulgence,
Mériter l'éternel beau jour ;
Du faible embrasser la défense,
C'est comprendre *la loi d'amour*.

Exilé, viens sécher tes larmes,
Puise ici l'oubli d'un revers,
Partout un ciel pur a des charmes,
Et ta patrie est l'univers.
Le calme de ta conscience
T'assure un éternel beau jour ;
Attends l'heure de délivrance,
Ainsi le veut *la loi d'amour*.

Vous qui pleurez, lui seul console,
Vous qui souffrez, lui seul guérit.
L'espoir, qui loin de vous s'envole,
Il l'offre à l'homme qui périt.
Des rois la fragile puissance
Fuit devant l'éternel beau jour.....
Grande alors est la bienfaisance !!!
L'Évangile est *la loi d'amour*.

Un rayon du divin génie
Créa les sciences, les arts;
Des cieux la sublime harmonie
Par lui s'abaisse à nos regards.
Agrandir notre intelligence,
Vivre pour l'éternel beau jour,
Partout combattre l'ignorance,
C'est propager *la loi d'amour*.

De celui que poursuit le crime,
Par lui tous les maux sont calmés;
A celui qu'un tyran opprime,
Avec douceur il dit : Aimez.

Au repentir, à la souffrance,
Il donne l'éternel beau jour;
Il bénit la naïve enfance !
L'Évangile est *la loi d'amour.*

A nos chagrins, toujours propice,
Dieu pour nous fit la liberté !
Il consacra, dans sa justice,
De ses enfans l'égalité.
A la vertu, pour récompense,
Il promit l'éternel beau jour :
De l'homme la reconnaissance
Doit proclamer *la loi d'amour.*

Du livre divin, chaque page
Nous offre espérance et pardons :
Qu'êtes-vous devant ce partage
Titres vains, périssables dons?
Gloire durable à l'éloquence
Qui nous peint l'éternel beau jour,
Qui surtout défend l'innocence !!!
L'Évangile est *la loi d'amour.*

C'est un *frère*, qu'en ton délire,
Malheureux! tu viens d'égorger!
Dans son sang ne crois-tu pas lire
Que *Dieu seul* devait le juger?
Des biens il garde l'abondance,
Il a fait l'éternel beau jour
Pour celui qui souffre une offense!
L'Évangile est *la loi d'amour*.

Inspirés par un noble zèle,
Des captifs changeons le destin,
Partout la douleur nous appelle;
Du *blanc* le *noir* est le *prochain*.
L'esclavage et l'intolérance
Cessent à l'éternel beau jour!
Là, règne à jamais la clémence!!!
L'Évangile est *la loi d'amour*.

Vous qui nous cachez la lumière
Que fit briller l'*Homme divin*,
Il préfère, à votre prière,
La pitié du Samaritain!

A l'obole de l'indigence
Il donne l'éternel beau jour
Ainsi qu'à l'or de l'opulence !...
L'Évangile est *la loi d'amour*.

Le Passé, le Présent, l'Avenir.

~~~~~~~~

Assez long-temps l'homme, dans sa furie,
De sang humain abreuva l'univers;
Mieux entendu, l'amour de la patrie
Nous affermit contre tous les revers.
Des jours heureux rassurent notre France,
Sa liberté ne peut s'évanouir...
Quand au présent a souri l'espérance,
   Dormons un peu sur l'avenir !

Le temps passé, qui loin de nous s'envole,
Aux préjugés ôte un masque imposteur.
D'un Dieu cruel se faisant une idole,
L'homme autrefois n'encensa que l'erreur !

Au temps présent la raison nous éclaire,
Elle féconde un sanglant souvenir!!!
Dans notre Dieu nous adorons un père!...
    Amis, dormons sur l'avenir !

Des cœurs émus la douce sympathie
A repoussé la guerre et ses fléaux.
La paix bientôt sera mieux garantie
Par l'industrie et ses efforts nouveaux.
L'affreux canon a causé nos alarmes,
On l'a maudit ! mais pour l'anéantir
Notre génie enfanta d'autres armes!...
    Dormons enfin sur l'avenir ! (1)

De mille amans le bizarre délire
A ma raison fit redouter l'amour.
Dans le passé tout contre lui conspire,
Tout contre lui parlait jusqu'à ce jour.

(1) Les inventions à la *Perkins*, en centuplant les chances de mort,
auront plus fait contre la guerre que tous les efforts de la philanthropie.

Mais de tes yeux je vois la folle ivresse,
Ah ! du présent comment me garantir ?...
Mes faibles bras s'ouvrent pour ta tendresse !...
 Je dormirai sur l'avenir !

Un ami vrai c'est un dieu sur la terre,
C'est de nos jours le bienfaisant fanal.
D'un sort cruel il fait un sort prospère !
Mais trop aimer peut devenir un mal.
La perfidie à l'amitié ressemble,
Et bien souvent elle nous fit gémir...
O mes amis ! nous l'oublierons ensemble !
 Nous dormirons sur l'avenir !

J'ai dédaigné l'orgueilleuse fortune,
Mais sans ses dons est-il un être heureux ?
De la douleur si le cri m'importune,
C'est qu'un peu d'or se refuse à mes vœux.
Beaucoup d'ingrats ont désolé ma vie,
Mais par des pleurs je me sens attendrir...
Si le présent au bienfait me convie,
 Je dormirai sur l'avenir.

À l'Auteur

DE LA BELLE STATUE DE SPARTACUS

BRISANT SES CHAINES,

~~~~~~~~~~

ACCEPTE un doux encens, fils chéri des beaux-arts,
O toi ! qu'avec orgueil j'aime à nommer mon frère !
Favori d'Apollon, toi dont le goût sévère,
Dont le brûlant génie étonnent les regards !

De Spartacus vainqueur j'ai vu tomber la chaîne !
A ton habile main il doit sa majesté !
A ton cœur généreux épris de liberté
Un héros, pour des fers, a révélé sa haine !

Tu compris sa douleur, tu frémis avec lui !
Le feu sacré des arts embrâsa ta jeunesse,

Et ton ciseau hardi, servant ta noble ivresse,
A l'illustre opprimé vint offrir son appui !

Honneur au talent vrai qu'instruisit la nature !
Le ciel lui prodigua son souffle créateur,
Et, de l'humanité, l'amour inspirateur,
Sur un modeste front mit une flamme pure.

Toujours en tes travaux flétris les oppresseurs !
Le culte des tyrans glacerait ton génie !
L'amitié te contemple; avec ta gloire, unie,
A ton laurier brillant elle joint quelques fleurs.

Prends garde !!!

CONSEILS D'UNE MÈRE.

~~~~~~~~~~

Pauvre enfant! ton adolescence
Sourit à des rêves trompeurs.
L'aveugle espoir de l'innocence
A bien des charmes séducteurs!
Aux plaisirs que t'offre la vie
J'ai vu ta jeune âme s'ouvrir!.....
Quand tout à jouir te convie.....
Prends garde!!! il fuira, *le plaisir!*

Cent beautés ont voulu te plaire
Et jurèrent de te charmer.
Mais tant d'orgueil est téméraire,
Plaire n'est pas se faire aimer.

Si tes regards pleins de tendresse
Promettent d'aimer plus d'un jour,
Près de plus d'une enchanteresse,
Prends garde!!! il te fuira, *l'amour!*

De tes amis je vois la foule,
Leurs soins ont pour toi mille attraits.
A peine ton printemps s'écoule
Et mon cœur pressent tes regrets!
Dans l'avenir qui m'importune
De tes maux je prends la moitié!.....
Trop souvent près de l'infortune,
Prends garde!!! elle a fui, *l'amitié!*

De tout, la vertu nous console!
Sois indulgent, plains les caffards!
Contre un monde ingrat et frivole,
Des bienfaits seront tes remparts!
Que la raison toujours t'inspire
Et qu'elle éclaire ta candeur!
Un jour, si tu fuis son empire,
Prends garde!!! il fuira, *le bonheur!*

 L'Hiver.

~~~~~~~~

J'ai revu le printemps. Dans sa course rapide
Il prodigua pour moi ses gazons et ses fleurs.
De ses brillans ruisseaux j'ai vu l'onde limpide ;
Tant de touchans attraits n'ont pu tarir mes pleurs.
Au soleil du matin, à la douce rosée,
A l'enivrant parfum qui s'exhalait dans l'air,
A toute la nature et belle et reposée
Je demandais l'amour avec le sombre hiver !

Envain, pour retenir ma marche fugitive,
Le bluet et la rose étalaient leur beauté ;
L'écho de nos vallons, seul, par sa voix plaintive
M'arrêtait..... c'est ton nom qu'il avait répété !

Le rossignol heureux, d'un éclatant ramage
A réjoui nos bois, sans réjouir mon cœur.
Du monde à son réveil la radieuse image
En vain frappa mes yeux d'un spectacle enchanteur !

L'été revint m'offrir ses riantes prairies,
De ses ombrages frais le repos ravissant,
Mais du bonheur, pour moi, les sources sont taries...
L'amour me le rendra par son charme puissant !
Je pleurai quand au ciel s'agita le tonnerre...
Vers toi, des jours brûlans auraient pu l'attirer...
Hélas ! combien de fois des maux imaginaires,
Plus forts que ma raison, sur toi m'ont fait pleurer !

L'automne à son retour vient jaunir les feuillages,
De ses fruits bienfaisans il couvre les coteaux.
Déjà sa fraîche haleine a bruni les nuages...
Venez, sombres frimats ! vous me paraîtrez beaux !
Loin de moi de l'absence aura fui la tristesse,
Avec vous le bonheur reviendra près de moi,
Vous me ramènerez l'objet de ma tendresse,
De vous aimer l'amour m'aura fait une loi !

Hiver ! que tes torrens, que tes nuits, que tes glaces
S'offrent à mes regards, répondent à mes vœux !
De ton noir aquilon je veux suivre les traces...
On ne sent pas le froid quand on se sent heureux !
Toi qu'il fallut quitter, qu'à chaque heure j'appelle,
Source de mes chagrins, ami toujours si cher,
Reviens !... après l'ennui que l'espérance est belle !...
Ainsi brille un beau jour sur l'orageuse mer !
Mon âme, de plaisir, a frémi par avance;
Charmante illusion... tu m'as fait tressaillir...
Mes sens ravis, des mois ont franchi la distance !...
L'espoir d'un bien si grand ne fait donc pas mourir?...

Le Paradis.

~~~~~~~~~~~

De l'incrédule, ah ! plaignons la manie !
Pour lui la mort est un affreux néant.
De l'univers la divine harmonie
Pour son esprit n'est qu'un songe effrayant !
De nos dévots l'impérieux système
Aussi nous trompe... et moi je vous le dis :
Mes bons amis, dans l'autre vie on s'aime,
Accourez tous, voilà le paradis !

Le despotisme a désolé le monde
Et trop long-temps outragea la vertu.
En noirs forfaits notre histoire est féconde !
La raison vient, le vice est abattu.

Législateurs ! méritez la couronne ;
Le Dieu puissant voit vos desseins hardis !
Il vous bénit !... sur les tyrans il tonne !
Pour vous, grands rois, est fait le paradis !

Pauvre orphelin, ta prière touchante
D'un vain espoir abusa tes douleurs...
Rien ne répond à ta voix suppliante...
Pas un ami n'a pitié de tes pleurs !
A l'orphelin donner une famille
Pourrait du riche adoucir les ennuis...
Près du palais où l'égoïste brille,
Enfant, ton Dieu t'ouvre le paradis !

Crimes affreux qu'enfanta l'ignorance,
Par la justice on peut vous prévenir.
De la raison est grande la puissance !
Eclairer l'homme est mieux que le punir.
Vous que l'arrêt d'une honte éternelle
Jusque dans l'âme a pour jamais flétris,
Du repentir montrez le noble zèle !
Pour vous encore il est un paradis !

Je hais la prude hypocrite et sévère !
Contre l'amour écoutez son sermon !
Ce cœur si froid dont elle paraît fière
De *charité* méconnait le doux nom !
Ses jours nombreux, tous exempts de faiblesse,
Par les chagrins ne sont pas raccourcis...
Ninon, ton cœur a battu de tendresse !
Se ferma-t-il, pour toi, le paradis ?

 La Comète.

ALFRED.

Entre mes bras tremblans reviens poser ta tête.
De mon sein déchiré la souffrance s'arrête
Quand la douce chaleur de ton cœur plein d'amour
De la vie un moment me promet le retour...
Délicieux transport! magie enchanteresse!
Ce prestige divin de ta vive tendresse
Du souffle qui s'éteint fait un souffle immortel,
Et du songe d'un jour fait un bonheur réel!
Ah! si je me fiais à mon brûlant délire!
Si je croyais l'espoir que mon amour m'inspire,
Tu serais de mes maux l'appui consolateur,
Et de mes sens détruits l'ange réparateur!...
De ma faiblesse, hélas! est-ce un fragile rêve,
Et peut-on de la mort obtenir une trêve?

Croirai-je que l'amour peut triompher du sort
Et de la vie en moi raffermir le ressort?...
Oh! viens... éclaire-moi... puis s'il faut que je meure,
Qu'un long baiser du moins charme ma dernière heure!

EUGÉNIE.

De craintes, de regrets ne chargeons pas le tems.
Rien ne peut prolonger d'éphémères instans,
Cher Alfred; ici-bas veille l'inquiétude :
Ce monde vaut-il donc notre sollicitude!
Encore quatre fois le printemps dans son cours
Aura marqué nos ans, aura compté nos jours,
Quand, rendue au chaos, disparaîtra la terre!
Ainsi de nos savans parle l'arrêt sévère.
Pour un si faible don n'ayons pas un soupir;
Aimons dans le présent, aimons dans l'avenir,
Dans l'avenir surtout! quand la mort nous rassemble,
Nous devons la bénir!... elle nous frappe ensemble!

ALFRED.

De l'univers entier tu m'annonces la mort!
De ce monde détruit je ne plains pas le sort,

Mais sur le tien je pleure, ô ma chère Eugénie !
Et je cherche de Dieu la puissance infinie !
Quoi ! de tes jours brillans se briserait le cours,
Et tu serais ravie au bonheur, aux amours ?
Ah ! que plutôt le ciel exauce ma prière !
Bientôt mes tristes yeux fermés à la lumière
Du séjour des humains perdront le souvenir…
Bientôt mon corps glacé ne saura plus souffrir…
Eh bien ! mon âme alors quittera sans murmure
La fragile prison que forma la nature,
Si les vœux d'un amant, plus forts que ta douleur,
Ont pu verser sur toi la vie et le bonheur !
Mais si, près de mourir, il faut te voir mourante,
Si d'un souffle adoré la chaleur enivrante
Se glace avec mon cœur et près de moi s'éteint…
Si le doigt de la mort vient toucher ton beau teint,
Quand mes yeux obscurcis d'une vapeur mortelle
Ne diront plus aux tiens que mon amante est belle !
Si ton dernier regard, ton dernier mouvement
M'annoncent ton trépas dans cet affreux moment…
Si je dois voir enfin s'anéantir tes charmes,
Je maudirai le ciel !… pour toi j'aurai des larmes !

EUGÉNIE.

Du terrestre séjour, sans toi, quel est le prix ?

Ah ! de tous ses trésors mon cœur n'est pas épris !

Et te suivre en mourant n'est point un sacrifice !

Si tout finit pour toi, que pour moi tout finisse,

Voilà ce que je veux. Cherche de toutes parts :

Et des voix sans accens, et des yeux sans regards

Frapperont ton esprit, désoleront ton âme !

Ces machines déjà m'honorent de leur blâme !

Ne vivant qu'en toi seul, j'ai méprisé leurs coups...

Ma douleur sans appui sentirait leur courroux !

Attendons sans effroi la terrible comète.

Cher amant ! dans tes bras me voilà ! je suis prête !

L'amour nous soutiendra dans ce jour solennel !

L'amour doit nous conduire au bonheur éternel !

Vivre et Mourir.

~~~~~~~~

A quoi nous sert la naissance?
La vie est-elle un bonheur?
Sur nos pas vient la souffrance,
A nous s'unit la douleur!
Tout plaisir est éphémère,
Ici-bas tout fait gémir...
Mais me voilà sur cette terre...
Je ne veux pas encor mourir!

Jadis avec la fortune
Ma main faisait des heureux.
Reconnaissance commune!
Tes transports allaient aux cieux!

De mon mérite le charme
Avec l'or a dû s'enfuir...
Mais de tes yeux tombe une larme...
Je ne veux pas encor mourir !

D'un amant l'humeur bizarre
De l'amour fait un tourment...
Ah ! que la mort nous sépare...
La mort vaut mieux qu'un amant !
—Mais c'est ta main que je presse,
Ton regard vient m'attendrir !...
Encore une heure de tendresse !!!
Non, non, je ne veux pas mourir !

D'un fanatique délire
Le règne enfin est passé.
Hypocrites, votre empire
Pour jamais est renversé !
Une main puissante et sage
D'espoir sème l'avenir...
A la raison l'on rend hommage !
Non, non, je ne veux pas mourir !

Rêverie.

~~~~~~~~

De ses rêves d'amour Lise, bien fatiguée,
Exhalait lentement ses regrets douloureux.
L'espérance à ses pleurs pourtant s'est prodiguée...
Seule avec l'espérance elle croit être deux,
Que vers toi, cher amant, dit-elle, ce nuage
Porte les yeux qu'amour a soumis à tes lois.
Que les brises du soir, caressant ton rivage,
Conduisent à ton cœur les accens de ma voix!
Que mon sein agité, que mes traits, que mon âme,
Que mon souffle rapide et que mes doux soupirs
Te disent mes chagrins et raniment ta flamme!...
Qu'un prestige d'amour parle à tes souvenirs!
Que la fraîcheur des nuits reposant ta pensée
Te ramène en mes bras comme au jour du bonheur!
Que mon ombre pour toi dans les airs balancée

Dise à tes sens émus ma constante douleur ;

Que d'un tendre baiser la magie enivrante

Te fasse au même instant et frémir et brûler ;

Que répété cent fois sur ta bouche tremblante,

De mes ennuis cruels il vienne te parler !

Que porté par les vents, le chant d'une romance,

De même que mon chant tristement cadencé,

Avec un son plaintif rappelle ma souffrance,

Et joigne un faible espoir au charme du passé !

Heureux de mon amour, avide de mes larmes,

Loin de moi le devoir précipita tes pas.

L'absence a des tourmens, mais aussi quelques charmes !

Sois ingrat, tu le peux, je ne le verrai pas !

Le Sommeil de la plante.

~~~~~~~~~

Bien fatigué d'une longue journée
L'être souffrant a trouvé le sommeil.
Même faveur par le ciel t'est donnée,
O belle fleur ! ton destin est pareil.
Je vois frémir ta corolle tremblante
Lorsque le jour pâlit prêt à finir...
Déjà tu dors, heureuse plante !...
Comme toi je voudrais dormir !

A mes regards quand la mer en furie
D'affreux débris couvre les rocs sanglans ;
Quand des beaux arts la première patrie
A l'univers montre ses fils mourans ;

Quand des martyrs la foule gémissante
Aux rois chrétiens demande un avenir,
Eh quoi! tu dors? heureuse plante!...
Comme toi je voudrais dormir!

Vois cet enfant, son œil cherche un asile,
Et sa pâleur a demandé du pain.
A la patrie il pourrait être   le,
C'est du travail que réclame sa main.
D'un faible enfant la vertu chancelante
Dans les prisons doit bientôt se flétrir!...
Pourtant tu dors! heureuse plante!...
Comme toi je voudrais dormir!

Près de ces lieux, en proie à la misère,
J'entends gémir le fils d'un criminel.
Son innocence a rougi pour un ère!...
Du préjugé tel est l'arrêt cruel!
Écoutez donc sa plainte déchirante,
Législateurs, qui le laissez périr!!!...
Ici tu dors, heureuse plante!...
Comme toi je voudrais dormir!

Quoi ! d'un supplice a déjà sonné l'heure ?
La foule attend un spectacle nouveau !
Mais Dieu promit la céleste demeure
Au repentir et non pas au bourreau !
Je vois frapper une tête innocente !...
De sang humain l'homme va se couvrir !!!
Ah ! dors toujours ! heureuse plante !...
Comme toi je voudrais dormir !

L'Adieu.

Le soleil s'est levé ; sa magique lumière
Sur l'univers heureux brille de toutes parts !
Vers le ciel en tremblant s'élève ma prière...
Mes yeux pour admirer n'ont-ils plus de regards ?
En vain autour de moi s'agiterait la foudre,
Ma fragile raison s'est éteinte en ce lieu...
D'une froideur bizarre un seul mot peut m'absoudre,
    Ce mot, c'est ton adieu !

Adieu ! ce mot cruel est empreint de tristesse !
Il déchire mon âme, il fait couler mes pleurs !
Tu n'entends plus la voix qui le redit sans cesse :
A ton seul souvenir s'adressent mes douleurs !

T'ai-je déjà perdu? Là, je vis ta souffrance,
C'est ici que l'amour dicta ton doux aveu...
Oh! parle encor! réponds!... mieux qu'un affreux silence!
J'aimerai ton adieu!

Le Soleil du Printemps.

~~~~~~~~~

De mon regard le vif éclat s'efface,
Mon teint brillant a perdu sa fraîcheur ;
De la souffrance on peut suivre la trace
Sur tous mes traits que flétrit la douleur.
Mais à mes maux il reste l'espérance !
A la santé je souris... je l'attends !
Durant le froid, ainsi mon cœur s'élance
Vers tes rayons, doux soleil du printemps !

Quand nos enfans aux fils de l'Hellénie
Vont prodiguer leurs utiles secours,
L'heureux effort du talent, du génie,
D'un grand fléau doit arrêter le cours. (1)

(1) La peste a ravagé nouvellement une partie de ces tristes contrées.

Noble pays ! sur tes sanglantes plages,
Trop de malheurs ont fatigué le temps !...
Mais Dieu pour toi disperse les nuages !
Il sera pur le soleil du printemps !

Un négrier sur la rive africaine
A répandu la terreur et la mort.
A l'innocence il enseigna la haine :
Par lui la paix a fui ce triste bord !
D'horribles fers, les tourmens, la misère,
Pauvre captif ! marquent tous tes instans !
Ah ! pour l'esclave enchaîné sur la terre
Il brille en vain le soleil du printemps !

Mais dans tes bras doucement je sommeille,
Non loin de nous j'entends l'onde mugir.
Le bruit du vent vient charmer mon oreille....
Même la peur, ici, tout est plaisir !
Sous les glaçons repose la nature !
Et le zéphir chassera les autans !...
Avec l'amour au sein de la froidure
Rêvons, ami, le soleil du printemps !

La Souveraine.

~~~~~~~~~~~

Loin de moi tu mourras ! objet cher à mon cœur !
Payant d'un prix affreux la fragile grandeur,
Dans ton regard éteint devinant ta souffrance,
Jamais de mon amour la divine influence,
Prodigue envers toi seul de son brûlant transport,
Loin de ton sein glacé n'enchaînera la mort !...
Tu mourras, tu mourras !... Alexis !... et mes larmes
Jamais à tes douleurs n'offriront mes alarmes !
Avide de ton souffle, en ces cruels momens
Jamais ma bouche, hélas ! pour calmer tes tourmens,
Heureuse de presser une bouche mourante,
Ne te rendra cent fois les baisers d'une amante !!!
Tu mourras ! tu mourras !... et les chants de la cour
Rediront sans pitié les charmes de l'amour !!!

Que ne puis-je échanger ma couronne éphémère
Pour le bonheur si grand d'adorer ta misère !
Que je hais ce chaos que l'on nomme plaisir !
Il me retient aux lieux où tu ne peux mourir !...
Dans ton asile obscur mes yeux suivraient ta vie,
Je bénirais ta mort de la mienne suivie,
Je mourrais dans tes bras !... et l'espoir immortel
Monterait avec nous jusqu'aux voûtes du ciel.

La nuit va fuir bientôt ma brillante demeure...
Sur mes riches coussins je te vois..., je te pleure...
Quelques instans encore, ô douce volupté !
Je puis rêver à toi ! gémir en liberté.

J'aperçois du vallon la paisible chaumière !...
J'avais fui des docteurs l'orgueilleuse prière.
De nos champs, de nos bois, le magnifique autel
Avait placé mes vœux aux pieds de l'Éternel.
Dans nos temples dorés se glisse l'imposture...
Je parle mieux à Dieu du sein de la nature.

Pensive, à pas furtifs et sans suite, j'errais!...
Dans ma tendre langueur, seule, je m'égarais...
Le soleil radieux éclairait la campagne;
Ses rayons éclatans planaient sur la montagne.
Au pied des verts coteaux s'abaissa mon regard...
Qui donc le dirigeait? le destin? le hasard?
Le bonheur aux humains vient de la Providence,
Mais l'amour, de bonheur est-il une assurance?...
Alexis, te voilà! mon Alexis, c'est toi!
Quel génie en ce jour t'amène devant moi?
Tu m'apparais! pour moi s'efface la nature!
De l'amour dans mon cœur s'élève le murmure!...
Tu m'apparais!... debout, interdit, sans couleur,
Immobile... Déjà je comprends la valeur
Du soupir éloquent que le respect comprime,
Du sentiment profond que le respect opprime!
Tout disparaît pour moi, le présent, l'avenir,
Par toi s'évanouit mon plus cher souvenir.
A peine je te vois et tu changes ma vie!...
Que pour toi, par ta main elle me soit ravie,
Je le veux, je le veux... s'il faut ne plus te voir,
Si de te fuir mon rang m'impose le devoir...

Les rangs, les préjugés, sont plus que des dieux mêmes,
Ils se font nos tyrans, nos arbitres suprêmes,
Ils commandent en rois, en maîtres absolus,
Et du ciel à leur gré proscrivent les élus...
Ils dominent enfin, nous sommes leurs esclaves!
La mort seule, ô captifs, brisera vos entraves!

Mais moi, reine aujourd'hui, dois-je vouloir mourir?
Utile à mes sujets, je dois savoir souffrir.
Tant qu'il reste ici bas pour nous du bien à faire,
Supportons notre vie aux humains nécessaire :
Je puis calmer des maux, je puis tarir des pleurs;
Pour embellir mes jours il est encor des fleurs.

La fraîcheur du matin ranime la nature :
Oh! que pour tes douleurs elle soit vive et pure!
Qu'elle verse sur toi le courage et l'espoir,
Et qu'un matin si beau t'annonce un heureux soir.
Les vapeurs de la nuit s'élèvent sans orages,
Le tranquille horizon, dégagé de nuages,
D'un azur éclatant nous promet la beauté.
Il frapperait en vain mon regard attristé,

Si la mort triomphant par ta longue souffrance
Ravissait ton amour à ma tendre influence ;
Si de ton corps brisé la chaleur prête à fuir
Marquait l'horrible instant de ton dernier soupir.

Quand la nuit reviendra, sur ton lit solitaire
Trouveras-tu du moins un repos salutaire ?
Dans l'esclavage alors se flétrira mon cœur ,
Et le commun plaisir doublera mon malheur !
De flatter mon orgueil on a pris l'habitude ;
Mais d'un doux sentiment quand la sollicitude
M'arrache aux préjugés , que devient cet orgueil ?
Je ne sens que l'amour auprès de ton cercueil.

Aux yeux des courtisans que je vais être belle !
Pour mes admirateurs quelle extase nouvelle !
Qu'importe à mon bonheur qu'ils vantent mes appas ?
O mon cher Alexis ! tu ne me verras pas !...
A la fête, ce soir, je vais être soumise
Aux caprices des grands ; leur flatteuse surprise
Me dira quels devoirs m'impose mon destin...
Pour amuser la cour est né le souverain !

De mes talens vainqueurs ils me peindront la grâce,
De ma danse légère ils vont suivre la trace,
Et, rehaussant l'éclat de mes chants douloureux,
Ils nommeront *divin* mon luth harmonieux !!!...
Contre la vanité l'amour sait me défendre ;
Tu ne peux, Alexis, ni me voir, ni m'entendre,
Que me fait cet encens dans l'air évaporé ?
Rendra-t-il à ma vie un amant adoré !!!

Qui me rendra jamais ta timide prière ?
De ton œil plein de feu la tremblante paupière ?
De ton brûlant amour le silence éloquent ?
Et le magique attrait de ton premier accent ?...
Qui me rendra ta voix, qui me rendra ton âme,
Et le délire ardent de ta craintive flamme,
L'invincible pouvoir caché dans ta pâleur,
Et ton sourire amer, et ta sombre douleur ?
Sera-ce de ma cour la brillante merveille
Dont le nom glorieux doit plaire à mon oreille ?
Le gracieux Alfred ? qui se rit dans mes fers
Des plaisirs de l'amour comme de ses revers !
C'est toujours sa gaîté que ma présence inspire,

Il fatigue mes yeux d'un éternel sourire.
Sera-ce cet Arthur, si fier de mon appui,
Qui pendant quelques mois amusa mon ennui,
Qui suspendit sa lyre en ma riche demeure,
Et vient me célébrer chaque jour, à toute heure ?
Cet heureux favori qui fit tant d'envieux
Serait plaint près de toi, toi que cherchent mes yeux,
Toi qui me donnas seul le secret de la vie,
Et de vivre pour toi fit mon unique envie !
Bien mieux que ces flatteurs, ah ! tu dois me charmer !
Ils disent comme on aime.... et toi tu sais aimer !....
Tu le sais !... je l'ai vu dans ta cruelle ivresse,
Dans ta fièvre d'amour, dans ta folle tendresse !
Que sont ces ornemens, dignes de tes mépris ?
Des diamans ? de l'or ? tu n'en peux être épris !
Cet inutile éclat de rien ne me console,
Je préfère à cet or une plus chère idole !
Une riche parure eût fatigué mon sein...
Cette gaze me plaît, elle a touché ta main...
Par ton souffle brûlant elle fut caressée,
Je la vis sous tes doigts doucement balancée....
Bien simple est son tissu, bien sombre est sa couleur,

Mais, elle reposait avec moi sur ton cœur !
Tes regards pleins d'amour se sont fixés sur elle,
Ta bouche l'a pressée... oh ! qu'elle me rend belle !!!

Le bruit des instrumens ce soir m'étourdiera,...
Ta voix, cher Alexis, seule me parlera.
Autrefois je vivais, mais froide, inanimée,...
Près de toi j'ai compris le besoin d'être aimée...
La grandeur me fatigue, et je lui dois mes maux ;
Les succès, les plaisirs, sont des tourmens nouveaux !
Je les donnerais tous pour consoler ta peine,
Tous, pour ton seul amour !... mais, hélas ! je suis reine !...

La Sorcière.

~~~~~~~~~

Puni d'une noble énergie,
　　Jadis le génie enchaîné,
Par l'ignorance accusé de magie,
　　Se voyait au feu condamné.
Brillante et pure éclate la lumière !
Inquisiteur ! le siècle est le plus fort !
De tes fagots je ris... je suis sorcière !
Je ris... sur toi j'ai jeté plus d'un sort !

Vil intrigant dont l'apparence
　　D'un beau nom usurpa l'honneur,
De la justice et de la bienfaisance
　　Tu n'as que le vernis menteur !

Vois l'honnête homme et ris de sa misère,
Il fait le bien, et se tait... c'est un tort!
Tu parles haut, toi,... mais je suis sorcière !
Aux charlatans je puis jeter *un sort !*

D'une machine blasonnée
Voyez le superbe dédain !
Il faut pourtant qu'une altesse étonnée
Voie un homme dans un vilain !
Du dieu des cours s'est éteint le tonnerre !....
Et la raison arrive enfin au port !
Pauvres marquis, tremblez ! je suis sorcière !
Sur tous les sots je viens jeter *un sort !*

Plaignant d'héroïques allarmes,
Des combats bravant les hasards,
Le philanthrope a dû prendre les armes
Pour sauver d'illustres remparts !
Mais de l'orgueil l'arme plus meurtrière
A des héros souvent donna la mort !...
O spadassin ! pâlis... je suis sorcière !
Aux préjugés je puis jeter *un sort !*

L'univers voilà ma patrie !

Un étranger c'est mon prochain !

Source de guerre, ah ! tu serais tarie

Si ce monde était plus chrétien !

Blanc, rouge ou noir, partout l'homme est *mon frère*.

La politique a l'esprit plus retors....

Elle eût jadis fait brûler la sorcière !

Sur elle, allons ! jetons bien vite *un sort!*

Temples dorés où l'imposture

Outragea le ciel tant de fois,

Mieux qu'en vos murs, au sein de la nature,

Vers mon Dieu s'élève ma voix !

Prêtres ! lui seul jugera ma prière !

De l'hérétique il sera le support...

L'esprit de Dieu vient saisir la sorcière !...

O Loyola ! sur toi je jette *un sort!*

Objet de ma vive tendresse,

En vain j'ai juré de te fuir !

Le temps qui vole accuse ma faiblesse...

Je te vois, et n'en puis rougir.

6

A mon amour donne ta vie entière !
Seule je veux causer ton doux transport !
Oui, je le veux... ou bien je suis sorcière !
Sur un ingrat je puis jeter *un sort !*

FIN.

TABLE.